Päivikki Iivari

# Joulukalenteri

Kustantaja: BoD – Books on Demand, Helsinki, Suomi
Valmistaja: BoD – Books on Demand, Norderstedt, Saksa
ISBN: 978-952-803-614-2

Hei

Kädessäsi on kirjalliseen muotoon sommiteltu jou-
lukalenteri luukkuineen. Jokaiseen luukkuun si-
sältyvä värityskuva suositellaan väritettävän kul-
lekin sopivalla hartaudella ja puuväreillä, myös
luukkunumero on tehty väritettäväksi, vaikka
omalla lempivärillä. Käsin piirrettyjen värityskuvi-
en sijoittelu on tehty tarkkaan harkiten rikkomaan
täydellisyyden harhaa.

Koska tämä tarina on tarinaa, siinä ei tiedetä mis-
tään pandemiasta yhtään mitään. Joulu tulee, mut-
ta älä ota sitä liian vakavasti.

Päivikki

# 1

Tämä on tarina pienestä kylästä ja siellä asuvasta sekalaisen sortin väestä. Kylä on niin pieni, että kartalla se näyttää lähinnä kärpäsen kakalta. Pienestä koosta huolimatta kylässä asuu suht suurta väkeä, jos pikkulapsia ei lasketa mukaan.

Illan heitettyä hämäränsä kylän päälle, vasta valittu pormestari Kurvinen istuu mukavasti erittäin mukavassa nojatuolissaan nautiskellen joulukuun ensimmäistä, mutta ei todellakaan viimeistä glögiään, samalla miettien elämän kummallisia mutkia.

Vielä eilen hän oli ollut tavallinen kyläläinen, tänään pormestari. Rouva Kurvinen, tomera ja aikaansaava naisihminen, oli saanut päähänsä, että Sekalaisen Sortin Kylä tarvitsee pormestarin. Hän oli kysynyt muutamalta tarkkaan harkitulta kyläläiseltä halua ryhtyä meijeriksi – se on ulkomaan kieltä ja tarkoittaa pormestaria.

Kuuro-Kalle umpikuurona ei ollut kuullut kysymystä eikä siten ymmärtänyt mistä on kyse, vihta-Erkki kuulevana vastasi naureskellen, että Kurviska voi ihan itse ryhtyä meijeriksi. Ja niin herra Kurvisesta oli omaksi yllätyksekseen tullut pormestari.

Toisaalta mikään ei ole muuttunut, pormestari Kurvinen tuumailee vatsaansa rummutellen, kun noin pääsääntöisesti tekee niin kuin rouva Kurvinen sanoo, pysyy rauha talossa ja puutarhassa. Siinä samassa tuoreen pormestarin korvia kohti rynnistää ääni joka läheisesti muistuttaa yleisen hälytyksen ujellusta, kuuuUUUUuuultAAAaaa!!!

# 2

Huoneeseen purjehti armadan lailla – jos armada olisi ollut pieni ja hintelä, mutta ei se koko vaan se miten sitä käytetään – rouva Hilma Kurvinen huitoen ilmaan dalimaisia kuvioita kädessään olevalla rullalle pyöräytetyllä lehdellä. Aatos-kulta, nyt kun sinä olet pormestari ja kaikkea - Aatos-kullan päähän iskee hieman hätäinen kysymys, että mitähän kaikkea - me teemme tähän kylään OIKEAN Joulun.

Mitä vikaa siinä vanhassa joulussa on? Ehtii Aatos kysyä ennen kuin hänet vaiennetaan napakalla lehden huitaisulla. Voi ei, Hilma on saanut käsiinsä toisen OMG-lehden julkaisun - paksu paperi ja paljon värikuvia. Aatoksen mieleen tulee pyytämättä edellisen lehden mukaan järjestetty juhannusjuhla. Kirjastonhoitaja neiti Kansinen vaihtaa vieläkin tien toiselle puolelle vastaan tullessaan. Eihän siinä lehdessä lukenut mitään siitä, että vaikka kansanperinteen mukaan juhannuksena tehdäänkin taikoja, siihen ei kuulu noidat... sitä paitsi hyvinhän siinä kävi. Kokko sytytettiin vasta sen jälkeen, kun kirkuva neiti Kansinen oli irrotettu paalusta.

Terävästi huudahdettu, kuunteletko sinä taas ollenkaan, havahdutti Aatoksen aatoksistaan. Tottakai kyllä kyllä kulta, tulee Aatokselta kuin automaattivastaajasta. Katso tätä kuvaa tässä näin, Hilman sormi naputtaa värikylläistä kuvaa, tämä on joulukatu ja tällaisen minä haluan tänne. Aatos katsoo kuvan viivasuoraa runsain valoin koristeltua kadun pätkää, hikipisaroiden hitaasti mutta varmasti kokoontuessa pitämään kokousta hänen otsalleen.

Miten tänne tuollaisen saisi tehtyä, kylätie oli mutkainen ja polveileva kuin maahan puolihuolimattomasti heitetty pyykkinaru. Perimätiedon mukaan tie perustui muinaisten hevosmiesten kärrypolkuun, jos se piti paikkansa muinaiset hevosmiehet ja heidän hevosensa ovat olleet vahvassa humalatilassa koko ajan tai vaihtoehtoisesti sokeita. Laajasti katsoen kylän jokainen talo on "päätien" varressa niin pitkälti, kun tie kuin varkain yhtyy kaiken ohittavaan ohitustiehen. Hilmalla on kuitenkin valmis suunnitelma, huomenna...

~ 14 ~

Kolmen sepän pajassa, nimi sisältää lievää ylimainostusta koska pajassa on vain yksi seppä, pöydän ympärillä sen sijaan on kolme miestä. Aatos, seppä Heikki "Mono" Montonen ja puuseppä-kirvesmies Kalevi "Kirves" Mänty. Sisäisesti vapiseva Aatos on levittänyt pöydälle Hilman antamat piirustukset ja kuvat tulevan OIKEAN Joulun rekvisiitasta.

Kun Mono ja Kirves kuulivat Hilman uudesta OMG-lehdestä, miehet vilkaisivat toisiaan ja hetken hiljaisuudessa muistelivat viime juhannusta. Miksi tässä on näin monta ulkohuussia? Kirves kysyy ihmeissään käännellen piirustusta käsissään. Ne ovat myyntikojuja, Aatos selittää ja jatkaa, tämä lava tulee kylätalon edessä olevan ison kuusen ympärille ja nämä tolpat tulee tähän sitten näin säteittäin ja niihin kiinnitetään… Ei kai neiti Kansista tai ketään muutakaan eläväistä? Mono puuttuu puheeseen. Ei, ei, ei, tähän vedetään sellaiset vaijerit ja niihin sitten nuo valot. Mono ja Kirves vilkaisevat toisiaan ja sitten kauniin kaksiäänisesti kuuluu – miksi?

Seuraavan tunnin ajan Aatos selittää perin ja juurin Hilman suunnitelmaa sormen seuraillessa kuvan viivoja ja sanojen maalaillessa uusia kuvia miesten verkkokalvoille. Mono ja Kirves raapivat vuoroin partaansa ja vuoroin päälakeaan, kumpikin omaansa. On tässä aika kova toi aikataulu, Mono tuumaa Kirveen nyökytellessä. Maakin on jo kohmeessa vaikka lunta ei vielä olekaan, Kirves säestää. Tiedän, tiedän, Aatos huokaa syvään, hänen sisintään vaivannut vapina ei ole hellittänyt. Mutta kun se meidän Hilma, hän huokaa vielä syvempään. Miesten katseet kohtaavat, kolme päätä nyökkää. Näytäs ny sitä kuvaa vielä vähän.

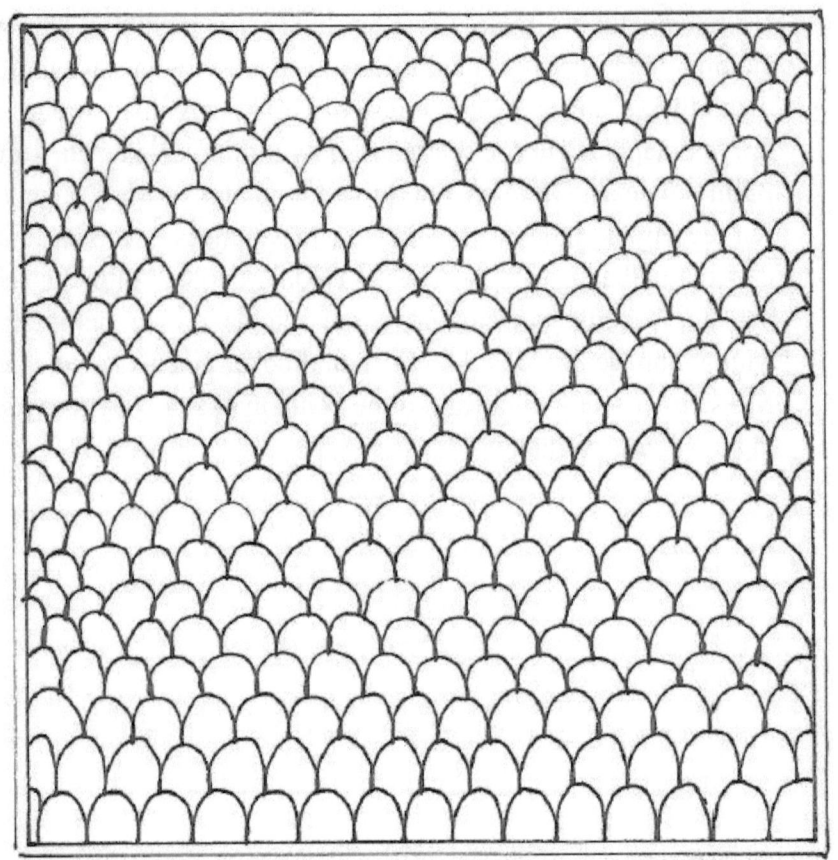

~ 18 ~

Koska Hilman OIKEAN Joulun ainekset ovat ammattilaisten käsissä, voimme tuloksia odotellessa tutustua muutamaan muuhunkin kyläläiseen.

Ville-Veikko Venho oli ollut vasta valmistunut insinööri amk, joka elämänsä työtilaisuutta odotellessa työskenteli erään suuren kaupungin eräässä pienehkössä autokorjaamossa vaihdellen renkaita autoihin. Jostain syystä se elämän työtilaisuus antoi odottaa itseään ja kokonaisen vuoden odottelun jälkeen Ville-Veikon päähän syttyi ajatus. Se tapahtui eräänä aurinkoisena toukokuun neljäntenä päivänä. Hän laski renkaan käsistään hallin lattialle, lausui hitaasti mutta kuuluvasti – pitäkää tunkkinne. Seuraavaksi hän käveli ulos jättäen jälkeensä hämmästyneen asiakkaan sekä huutavan korjaamopäällikön. Ville-Veikko, kavereiden kesken Vili vaan, oli saanut tarpeekseen autonrenkaista koko loppuiäkseen. Pitäkööt autonsa ja pitäkööt renkaansa, sillä hänelläpä oli hopeanuoli, upea hopeanhohtoinen 15-vaihteinen tuulta halkova polkupyörä ja sillä hän nyt aikoi lähteä polkemaan pois tästä kaikesta.

Tässä kohtaa Kohtalotar puuttui peliin, sillä jostain syystä se johdatteli Vilin Sekalaisen Sortin Kylään. Vili lasketteli tuulenhalkojallaan pientä nyppylää alas kylään, kun vaihde meni jumiin, ketjut putosivat pois paikoiltaan ja rengas puhkesi - Kohtalottarella on omituinen huumorintaju. Vili lensi kauniissa kaaressa ojanpohjalle kylän lääkäri Kemppaisen talon edessä. Kun Vili varovasti avasi silmänsä ja katsoi maailmaa tästä uudesta vinkkelistä, tapahtui kaksi asiaa, kuului klik ja hän rakastui. Pappa laittaa sen haulikon pois ja hakee isän, että saadaan poikaparka ylös ojasta, Siiri Kemppainen sanoi kääntämättä huolestunutta katsettaan pois Vilistä. Siirin selän takaa kuului mutinaa, mutta pappa Kemppainen poistui täyttämään esitettyä tehtävää.

Kun viimeisetkin kipsit poistettiin, juhlittiinkin jo Siirin ja Vilin kihlajaisia ja niin Vilistä tuli kyläläinen jonka sukupuusta ei edes kylän vanhin tuntenut ensimmäistäkään oksaa.

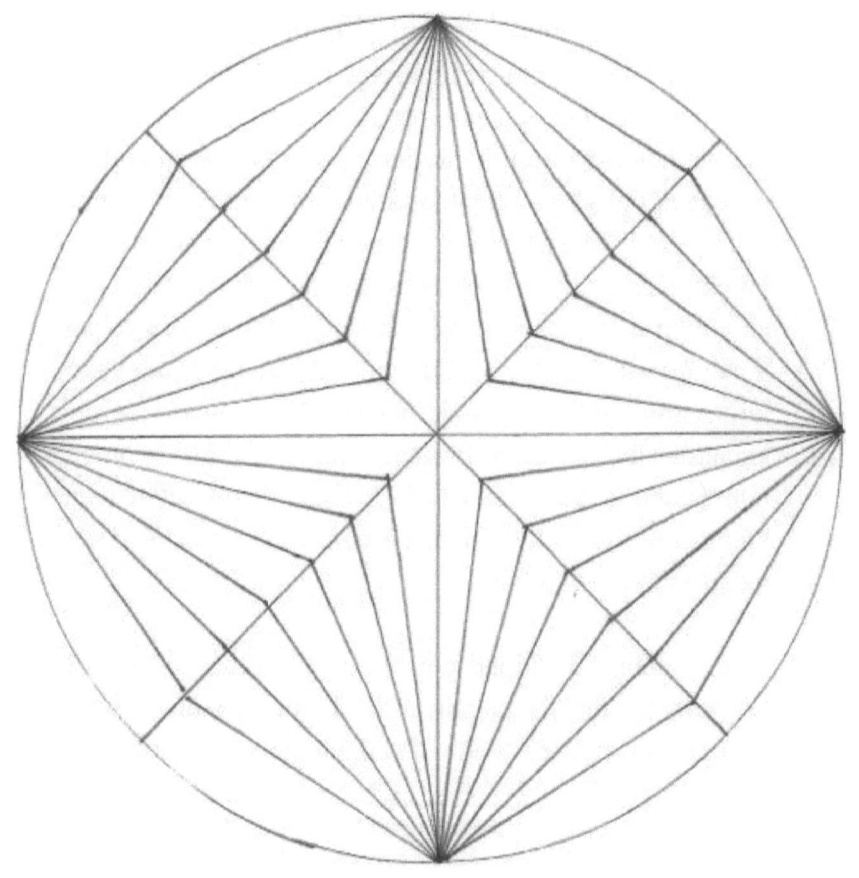

~ 22 ~

# 5

Palataanpa tarkemmin vielä tähän kylänvanhimpaan. Jooseppi, lyhyemmin Joose, Torospainen, 104-vuotias luonnonoikku jonka nykylääketieteen valossa olisi pitänyt kuolla jo aikapäivää sitten. Joose itse ei lääketieteestä piittaa, eikä varsinkaan nykyisestä ja hän onkin varsin ketterässä kunnossa ehkä juuri siitä syystä. Omasta mielestään hänen pitkän ikänsä salaisuus on läskisoossi ja säännölliset iltarutiinit kuten kunnon konjakkimoukku ja muutamat henkoset rauhanpiipusta ennen maate menoa.

Joose on elämänsä aikana nähnyt yhtä ja toista, ottanut niistä opikseen ja nyt viisaana kylän vanhimpana viittaa kintaalla kaikille säännöille. Joskus hän viittaa niille kirveellä sillä kieltokylteistä saa kelpo sytykkeitä, Sekalaisen Sortin Kylästä kaikkinaiset kieltokyltit ovatkin kadonneet jo aika päiviä sitten.

Joose on perheensä ehdoton patriarkka, elossa olevia sukupolvia onkin jo kokonaiset kuusi ja kuolleita polvia ei tässä kohtaa kannata lähteä edes laskemaan. Poikia on kertynyt Joosen jälkeen jo neljässä polvessa Niilo 84,

Niilon poika Vilho 64, Vilhon poika Ville 44, Villen poika Toni 24, Tonilla ei poikia ole. Nykynuoriso, aina pitää olla erottumassa joukosta, Joose oli mutissut partaansa. Mutta saatuaan Tonin tyttären, hikottelevan pikku Hilkka tylleröisen ensimmäistä kertaa syliinsä, oli hän täysin myyty.

Nykyään Joose-pappa ja pikku Hikka, Hilkan itsestään selvä lempinimi, ovat ylimmät ystävät ja lähes erottamattomat. Useimmiten heidät löytää kirjastosta kirjojen satumaailmoista, neiti Kansisen suureksi iloksi.

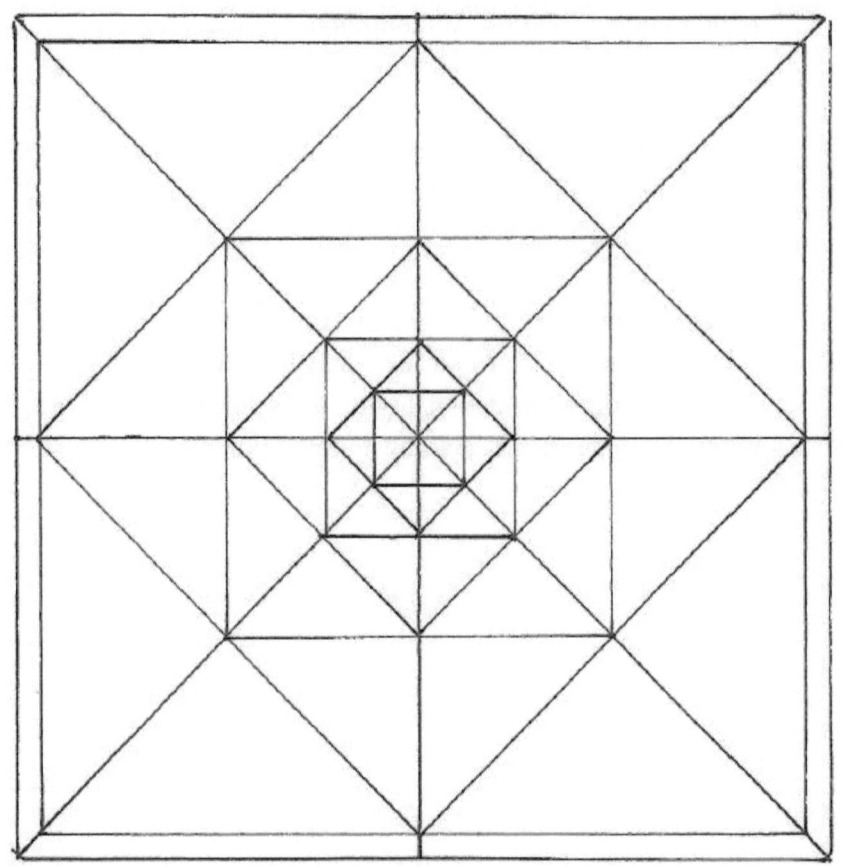

Aino Kansinen on jo sukunsa kuudes kirjastonhoitaja ja vaikka suurissa kaupungeissa onkin suuret kirjastot, Aino tuli mielellään tähän pikku kylään hoitamaan tätä pientä kirjastoa edellisen hoitajan siirryttyä autuaimmille luku-maille. Tarjous oli ollut sellainen josta oli ollut vaikea kieltäytyä, vapaat kädet ja asunto kirjastotalon yläkerras-sa. Sellainen ei suurten kaupunkien suurissa kirjastoissa olisi ikinä ollut mahdollista.

Tosin viime juhannuksen jälkeen Aino oli ollut jo pak-kaamassa laukkujaan ja..., mutta sitten Hilma oli luvan-nut tuplata kirjaston vuosittaisen hankintarahan. Miten hän sen teki, Aino ei edes halunnut tietää, mutta OMG-lehden tilauksen hän peruutti välittömästi. Ja olihan kaik-ki olleet tosi pahoillaan, homma oli vain "vähän" karan-nut käsistä. Juhannuskuvaelma, ja pyh, Aino tuhahti muistolleen.

Suurin syy hänen jäämiselleen oli kuitenkin se, että hän tunsi itsensä tarpeelliseksi yhteisössään. Kuten sekin ker-ta, kun hän oli auttanut Siiriä ja Viliä löytämään kaiken mahdollisen tiedon mehiläistarhauksesta, ainakin lahjaksi saatu hunaja oli ollut oikein hyvää. Ja olihan vielä Unto, miehen ajatteleminen sai aina aikaan muljahduksen Ainon vatsanpohjassa. Voisiko se olla molemmin puoleista, sitä Aino nytkin pohdiskeli, suoraan kysyminen olisi täysin mahdotonta... eihän sellaista voisi... vai voisiko?

Lukunurkkauksesta kuuluu iloista kikatusta, Ainoakin hymyilyttää katsellessaan pikku Hikkaa ja Joosea Vaahteramäen Eemelin seurassa. Aino itse oli jäänyt ilman perhettä, hän ei kukkeimmassa iässään ollut tavannut lapsensa potentiaalista isää ja nyt se oli jo myöhäistä kuumien aaltojen ristiaallokoissa seilatessa.

Aino hymähtää mietteilleen, tänään leivon kyllä joulutorttuja, korkkaan glögipullon ja eikös illalla tule se yksi ihana Robertsin elokuvakin.

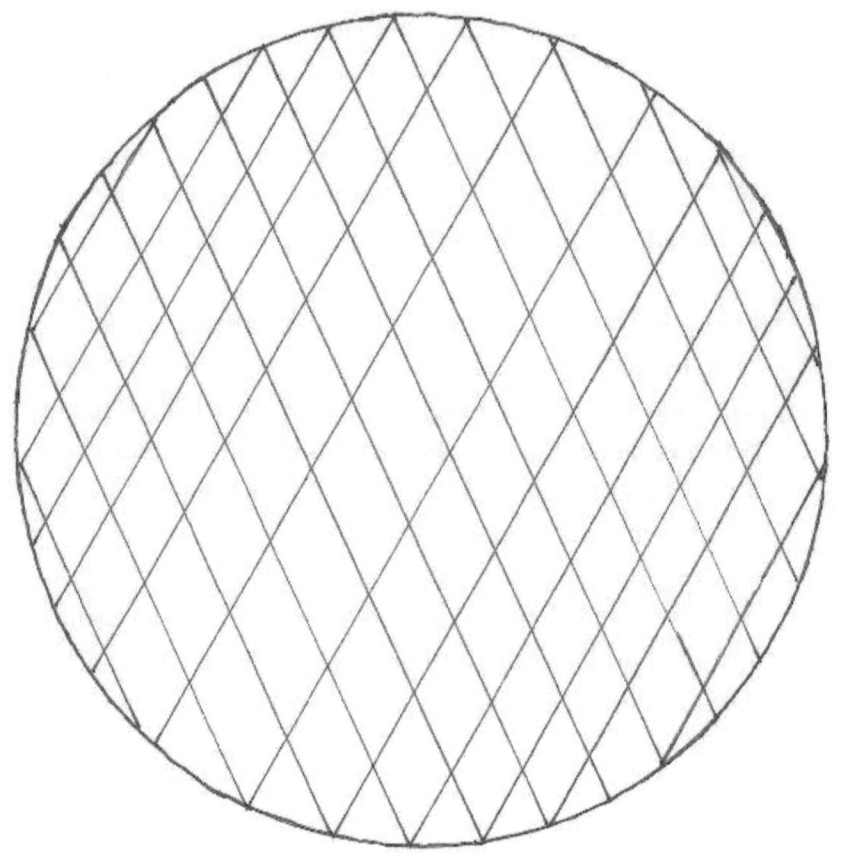

Unto Kovanen oli 7-vuotiaana ilmoittanut ryhtyvänsä isona poliisiksi ja poliisiksi hän isona ryhtyi, kyläpoliisiksi kotikyläänsä. Hänen päämajansa, kaikilla herkuilla sis. myös putkan, sijaitsi kylätalon oikeassa päädyssä. Putka tosin oli seissyt käyttämättömänä jo useamman vuoden, ketäpä sinne näin rauhallisessa kylässä laittaisi.

Kylän tuore ekonomi Jessica oli ehdottanut Untolle putkan sisustamista vuokrauskäyttöön turisteille. Jessica oli jo aloittanut suuren maailman tyylisen B&B –palvelun, nuku hyvin ja saat vielä aamiaisenkin, Unto oli uteliaisuuttaan selvittänyt salaperäisen kirjanyhdistelmän. Niinpä putka sisustettiin ja tyylikäs siitä tulikin. Yhtäänkään turistia siellä ei ole yöpynyt, mutta Unto kyllä mielellään ottaa pikku päivänokosia putkan sohvalla, ihan vain ettei hukkaan mene hyvä sohva.

Aika harvinaisia ne turistit, Unto miettii, eipä tänne vieraita ole juuri eksynyt sitten Vilin lennokkaan saapumisen ja hänestäkin tehtiin nopeasti kyläläinen, kiitos Siirin. Mukava nuori mies se on tuo Vili ja hyvä pelaamaan shakkia, harva sitä shakkia putkassa, Unto tuumailee, mutta mepä pelaamme, joka keskiviikko.

Kylätalo onkin hyvä paikka kyläpoliisin pitää päämajaansa sillä talo on vilkkaassa käytössä. On teatteritoimintaa, tansseja ja kaikenlaista muuta jumppaa, viimeaikoina myös rakennustoimintaa. Mono ja Kirves ovat huhkineet aivan heikkopäisinä suuren kuusen ympärillä, Hilman käydessä vähintäänkin kerran päivässä antamassa tahtia. Avajaiset ovat kuulemma muutaman päivän päästä, mitä sekin sitten tarkoittaa, aukihan tuo pihamaa on koko ajan. Kehtaisikohan sitä Ainoa pyytää seuraksi nuihin avajaisiin, Untolla on viime aikoina tuntunut kummaa muljahtelua sydänalassa, hänen ajatellessaan Ainoa.

Tässä kohtaa valveutunut joulun odottaja saattaa ihmetellä, että miten ihmeessä Sekalaisen Sortin Kylässä voi tänä leikkaamisen, höyläämisen ja yleisten säästökuurien aikana olla sellaisia peruspalveluita kuin kirjasto, poliisi ja lääkäri.

Eikä tässä vielä edes kaikki, kylässä on lisäksi ihka oikea kyläkauppa ja kauppaspariskunta Sirkku ja Raimo, joista Raimo muuten tekee todella hyviä olutmakkaroita. Posti ja siellä postineiti, tai tässä tapauksessa postipoika, Johannes. Koulu, siinä oppilaat ja opettajakin, esikoulu ja lastentarha.

Todennäköisesti tätä samaa ihmettelisivät hallitus, ministeriöt ja lukuisat virkamiehetkin, jos he vain tiedostaisivat Sekalaisen Sortin Kylän olemassa olon. Joten ollaan vain ihan hys hys, eikä kerrota heille mitään.

Kaiken ohittavalla ohitustiellä saattaa olla oma osansa siitä, että kylä on jäänyt oman onnensa nojaan. Ei kylä silti mikään sisäänpäin lämpiävä tai sisäsiittoinen kyläpahanen ole, ei toki. Sulhasehdokkaita ja morsmaikkuja on historiansivu haettu naapurikylistä ja joskus ihan maailman ääristä.

Jotkut herkässä nuoruuden iässä olevat nuoret lähtevät etsimään elämää kaupunkien sykkeestä ja värivaloista, ehkä jopa uhoten etteivät koskaan astuisi jalallaan takaisin tähän tuppukylään. Mutta yllättävän moni kuitenkin palaa aikansa etsiskeltyään. Joskus kumppanin kanssa joskus lapsen/lasten kanssa, eikä kukaan siitä numeroa tee. Kylän kaikki talot ovat asuttuja ja joskus joku intoutuu uudenkin rakentamaan. Joten kylän väki on pysynyt ikärakenteeltaan sekalaisena ja toiminta viriilinä.

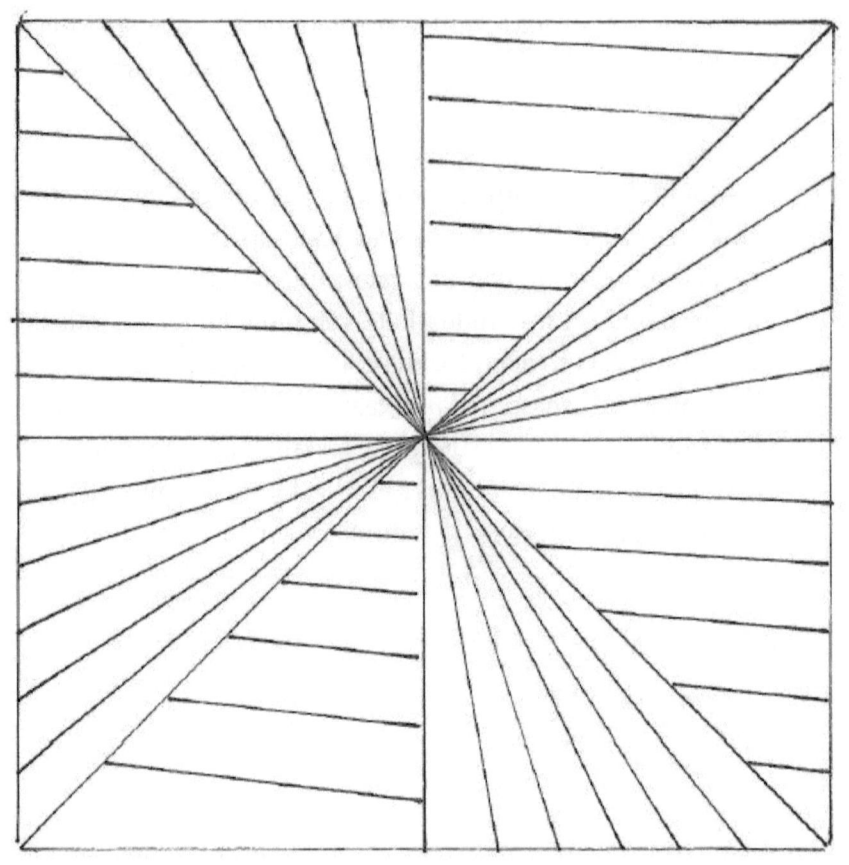

~ 38 ~

On satanut lunta jo yhdeksän tuntia putkeen ja maassa sitä on jo useampi sentti, tai itse asiassa sitä on ihan joka paikassa. Miguel istuu kylätalon portailla ja tutkailee pää kallellaan aukiolle nousseita rakennelmia, yön pimeyttä valaisevat lukuisat tolppiin kiinnitetyt jouluvalot.

Miguel on kylän espanjalainen vahvistus, kulkeutunut kylään pastorin mukana. Pastori Benjamin oli ollut etsimässä, ei itseään vaan merkkiä Santiago de Compostela vaellukselta, kun Miguel löysi hänet. Koira oli lyöttäytynyt Benjaminin seuraan vaelluksen puolivälissä eikä ollut enää lähtenyt pois. Ehkä pastori piti sitä merkkinä, ainakin koira oli ja on edelleen merkillisen näköinen. Maailmassa ei varmasti ole yhtään koirarotua josta jokin osa ei olisi löytänyt Miguelin ulkomuotoon. Määritelmä sekarotuinen tuntuu alimitoitetulta puhuttaessa pastorin koirasta.

Merkkinsä saatuaan Benjamin oli palannut Suomeen ja hakeutunut mummunsa kotikylään papiksi. Kylän kirkko ja hautuumaa sijaitsevat kylätalon ja sen aukion vastakkaisella puolella, jostain syystä se on ollut hyvä idea esi-isien mielestä.

Benjamin saa lumityöt kirkon puolelta tehtyä ja liittyy Miguelin seuraan kylätalon portaille. Katsos poika, nuo ovat jouluvaloja, ihmisten mielestä joulu ei osaa tulla paikalle ilman opastavia valoja. Miguel ja Benjamin tuhahtavat yhtä aikaa, tule poika eiköhän mennä jo nukkumaan.

# 10

Kylän naistoimikunta on Hilman johdolla valmistelut jouluaukion avajaisia. Hilma on suunnitelmassaan yhdistellyt OMG-lehden kuvia ja kylän maantiedettä. Kaikkien yllätykseksi kylätalon edustan aukiolle on syntynyt monikäyttöinen ulkotila. Kaikki rakennelmat ovat valmistuneet ja valot ripustettu, pikkuiset myyntikojut odottavat myytäviä tuotteita sekä myyjiä.

Avajaispäivästä on väännetty kättä oikein urakalla, muutamat kylän miehet saattavat vähän arastella Hilman topakkuutta, mutta kylän naiset ei, ehei, heistä kyllä löytyy tarvittaessa kova vastus. Hilma olisi halunnut näyttävät avajaiset heti itsenäisyyspäivänä, vaikka keskeneräisiin rakennelmiin. Hän on mielikuvissaan nähnyt itsensä pormestarin vieressä korokkeella hymyilemässä ja vilkuttamassa kyläläisille puheen aikana, jonka hän on jo ajat sitten kirjoittanut Aatokselle valmiiksi.

Toimikunnan muut naiset taas olivat sitä mieltä, ettei ole mitään järkeä avata liian aikaisin. Kylän väkimäärä on kuitenkin melko rajattu, eikä kukaan osta samoja tuotteita joulua varten reilun kahden viikon ajan, saati eihän kellään ole aikaa pyöriä kylätalon aukiolla joka päivä. Pitkän ja hartaan vääntämisen jälkeen päädyttiin lopulta kaksivaiheiseen avaukseen.

Jouluaukio avattaisiin kahvi ja pulla tarjoilulla 13. päivä ja myyjäiset pidettäisiin 20. päivä, lisäksi joulurauha julistettaisiin aukion lavalta jouluaattona kaikelle kylän väelle heti joulukirkon jälkeen. Ja siihen oli Hilman tyytyminen, se on sitä demokratiaa se. Kun tästä oli vihdoin päästy sopuun, alkoi avajaisohjelman suunnittelu. Eihän pelkkä Aatoksen pitämä puhe mihinkään riitä, olkoon vaikka presidentti. Kaikkihan sen tiesivät, että kun kevät tulee ja kylvöt odottavat, Aatos menee pellolle ja ripustaa pormestarin naulaan, eikä sille Hilmakaan mitään voisi.

~ 46 ~

# 11

Nuohoojamestari Antti Valkonen istuu hieman kuluneessa nojatuolissaan, hän on hyvin väsynyt. Jo vuosia sitten hän rakensi tämän lämpöeristetyn sopen autotalliinsa pakopaikaksi, ei miltään ja samalla kaikelta. Hän on vain niin perusteellisesti naisten ympäröimä, että toisinaan sitä mies kaipaa pientä omaa soppea jossa voi kuunnella omia ajatuksiaan.

Niin se vaan on, naimisiin meno on kuin konvehtirasia, koskaan ei tiedä mitä saa. Antti oli itse ajatellut, josko kaksi lasta saisi, niin onni olisi täydellinen. Onnea tulikin sitten roppakaupalla, vuoden välein. Ensin Azalea, sitten Begonia, Camassia, Daalia ja Esikko. Tässä vaiheessa elämää Antti törmäsi sanaan vasektomia, oli siitä sitten kysynyt Kemppaiselta joka tiesi vallan hyvin sanan sisällön. Nips ja naps, eikä enää lapsia. Kemppainen on hyvin lukenut lääkäri ja kätevä käsistään, hoitaa ihmiset ja tarvittaessa eläimetkin. Sinä iltana Antti istui - hyvin varovasti - Vuokon viereen sohvalle sanoen, kulta minulla olisi vähän asiaa. Kävi ilmi, että Vuokollakin oli yllätys varattuna, kaksoset Freesia ja Gentiana syntyivät keväällä.

Seitsemän tytärtä, Antti puistelee päätään. No, nipsun ja napsun jälkeen yllätyksiä ei enää syntynyt. Kaksosetkin täyttivät keväällä jo 15, parhaassa murrosiässä. Antilta pääsee syvä huokaus, osaakohan kukaan kuvitella sitä rahamäärää mikä uppoaa tämän talouden vesilaskuihin ja vessapaperiin. Aina jollakulla on PMS, paitsi Vuokolla, hänellä on aaltoja. Antti huokaisee jälleen, vaikka hän rakastaa tyttäriään yli kaiken, on hän hiljaa mielessään sitä mieltä, että ensimmäisenä tulleet voisivat jo pikkuhiljaa muuttaa omilleen. Löytäisivät hyvän miehen, tai naisen, tai vaikka muun sukupuolisen, hiljainen epätoivo on avartanut Antin maailmankuvaa.

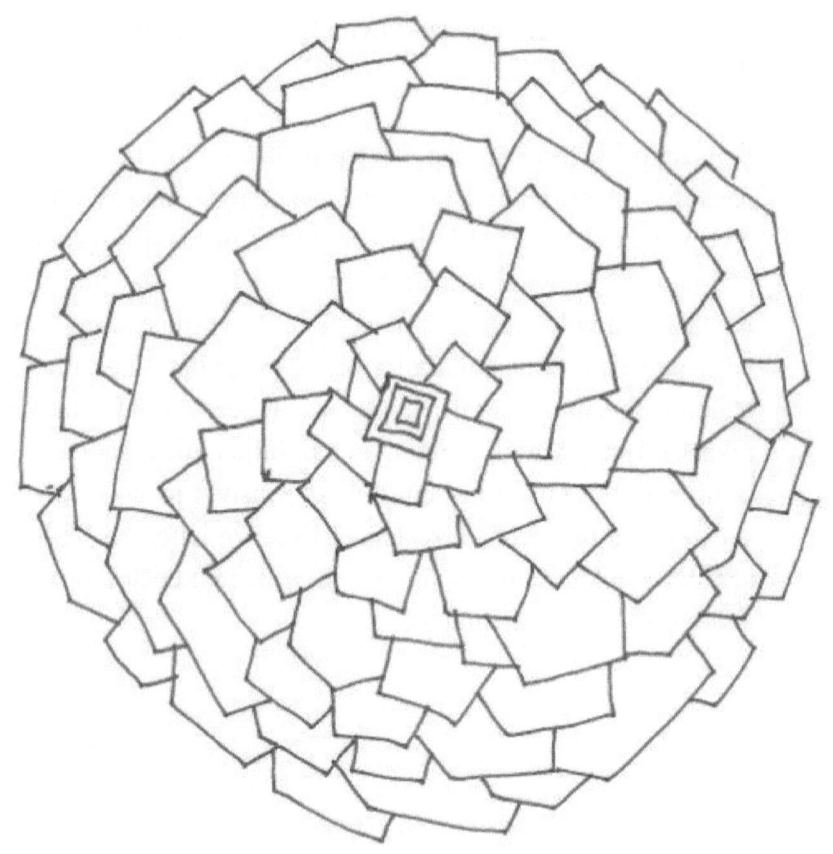

~ 50 ~

# 12

Tottahan se on niin, että jokaisessa itseään kunnioittavassa kylässä pitää olla kylähullu ja Sekalaisen Sortin Kylä kunnioittaa itseään vallan perusteellisesti. Kylähullun asemaan ei pääse vaaleilla eikä se periydy, se on asema joka pitää ansaita. Viimeiset 12 vuotta kylähullun arvostettua hommaa on hoitanut neiti Liisa Perhoslehto, ja täysin ansaitusti.

Liisan lähestymisen sekä kuulee että näkee jo kaukaa. Vaaleanpunaiseen kiharapehkoon voisi piilottaa kokonaisen linnunpesän ilman, että kukaan huomaisi mitään ja hänen garderoobinsa koostuu kaiken kirjavista vaatekappaleista joita hän päälle puettaessa yhdistelee hyvin ennakkoluulottomasti. Sivutoimenaan Liisa lukee lapsille satuja ja tarinoita kirjaston lukunurkkauksessa kaksi kertaa viikossa, mikä on ollut suunnaton menestys heti ensikerrasta lähtien.

Lisäksi hän kutoo riemunkirjavia sukkia, lapasia ja myssyjä niin paljon, että jokaisella kyläläisellä varmasti pysyy varpaat, sormet ja päät lämpöisinä. Jessica on jo mielessään suunnitellut pienimuotoista nettikauppaa Liisan neulomuksille, tuotenimenä Kylähullun Vanttuut. Jessica onkin tuore ekonomi, hänen päänsä suorastaan pursuaa business ideoita, joidenkin mielestä se voisi pursuta vähän vähemmän. Putka on kyllä nykyään oikein kotoisa, siitä kaikki ovat yhtä mieltä.

Liisa on jo ehtinyt siihen ikään, että hänellä on historia. Hän on edelleen neiti, mutta vähällä oli, etteikö hänestä olisi tullut rouva. Vihkimispäivä oli päätetty, kuulutukset oli otettu, mutta Viljami ei ollutkaan palannut meriltä. Ei palannut laivakaan, kadonnut Atlantin aaltoihin, Liisalle kerrottiin. Vuoden päivät Liisa suri, sitten hän päätti, ettei elämää kannata heittää mereen maalta käsin. Hän lahjoitti mustat vaatteensa enemmän tarvitseville ja täytti sielunsa ja vaatekaappinsa väreillä.

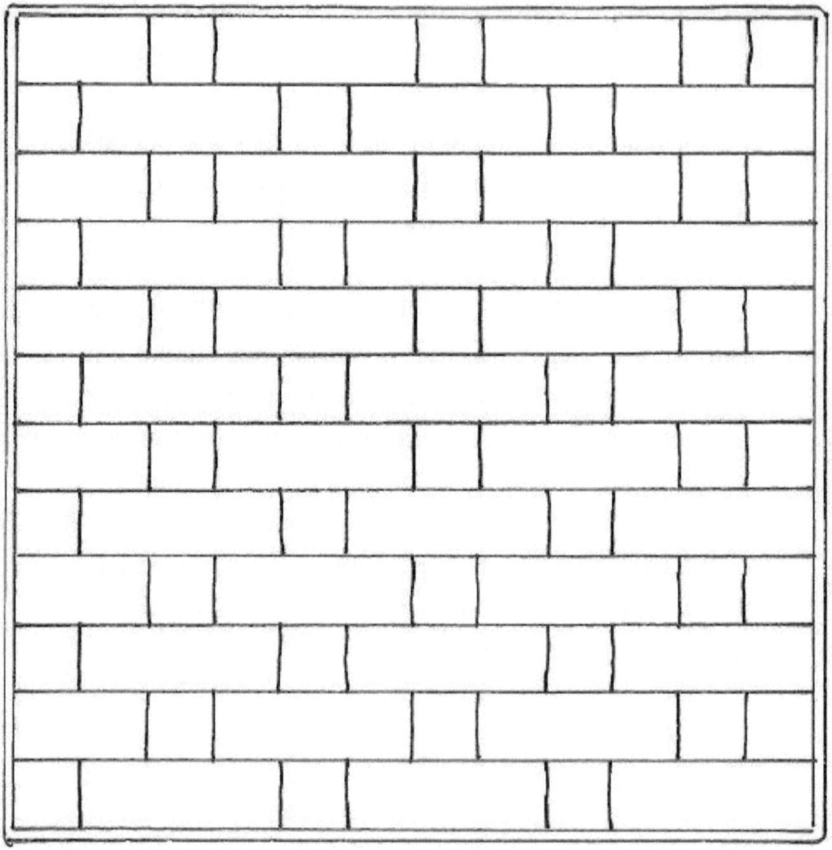

# 13

Kaikki kynnelle kykenevät ovat kokoontuneet vasta pe-
rustetulle jouluaukiolle pikkuisen uteliaina katsomaan
mitä Hilma tällä kertaa on keksinyt. Aatos seisoo, Hilma
vierellään, lavalla suuren kuusen edessä kaivellen tasku-
jaan, kuusi hänen takanaan kantaa urheasti joulun painon
- valot, koristeet ja sen sellaisen. Aatoksen taskuista löy-
tyy kaikkea muuta paitsi sitä mitä hän etsii, Hilman kir-
joittama puhe, missä se on. Muistikuva nousee Aatoksen
mieleen, luin puhetta ja lämmitin saunaa - ai kamala, se
pirhanan paperi taisi mennä kiukaan pesään puiden jat-
koksi.

Hilma tökkää häntä kylkeen, Aatos rykäisee ja kuuluttaa
kuuluvalla äänellä, tervetuloa kaikille ja täten julistan
jouluaukion avatuksi. Kyläläiset antavat hänelle raikuvat
aplodit, he pitävät lyhyistä puheista. Hilma jää suu auki
katsomaan Aatoksen pikaista lavalta poistumista, mitä
hemmettiä, enhän minä noin kirjoittanut.

Merkin saatuaan ohjelma rynnistää juoksuun kuin vain
merkin saanut voi, Liisan johdolla lapset järjestäytyvät

kylätalon portaille ja ilman täyttää tutut joululaulut vauhdittamaan kahvi ja pulla tarjoilua. Lopuksi vielä yhteislauluna vetäistään vanha joulupukki laulu. Kyläläiset nyökyttelevät hyväksyvästi, tämähän on vallan mukavaa ja onpa hyvää pullaa, puheen sorina täyttää laulun jättämän aukon.

Avajaisten päätteeksi Benjamin lausuu iltarukouksen ja toivottaa kaikille rauhallista yötä, väki siirtyy hyvässä järjestyksessä koteihinsa kukin omiin iltapuuhiinsa. Miguelia lukuun ottamatta kukaan ei huomaa hautausmaan isoon pihlajaan nojailevaa mustaan pukeutunutta hahmoa joka kyllä on huomannut jokaisen aukiolla olevan. Kuka salaperäinen nojailija on ja mistä on kyse?

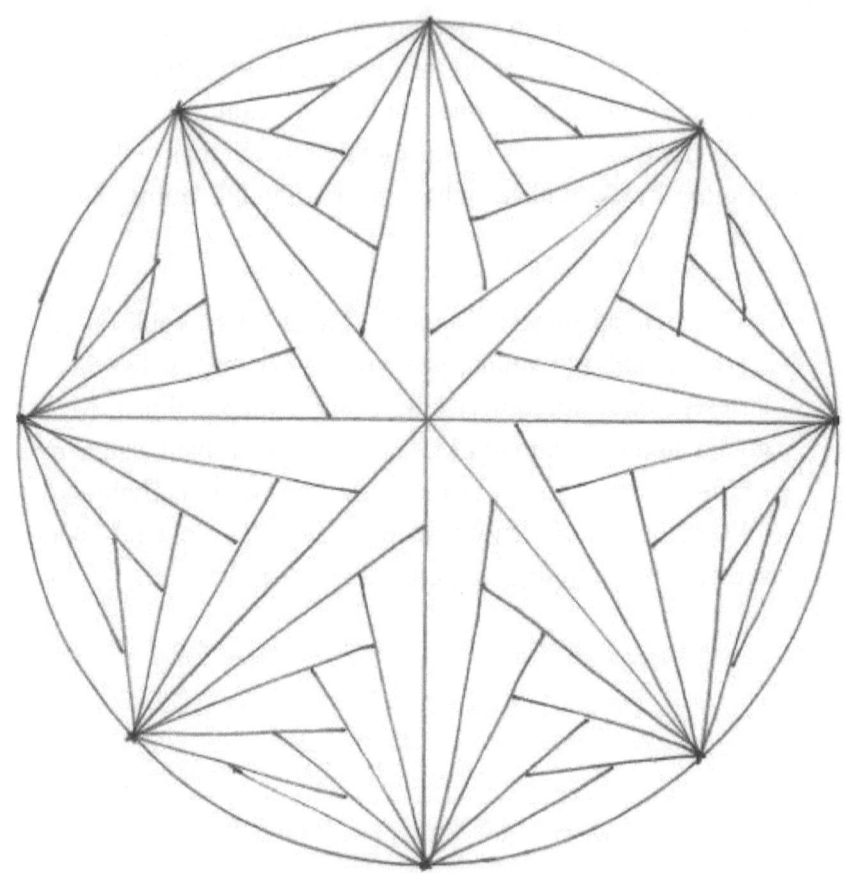

~ 58 ~

# 14

Kylän reunamilla siellä missä alkaa metsä on pienehkö punainen hirsimökki, mökin ympärillä on puutarha perunamaineen, omenapuineen ja marjapensaineen, tietenkin tällä hetkellä lumivaipan alla. Idylli on juuri sellainen mitä asunnonvälittäjät hehkuttavat ilmoituksissaan, paitsi että tämä mökki ei kaipaa remonttitaitoista ostajaa sillä se on hyvin pidetty ja täydellisessä tikissä.

Mökin asukas heilauttaa pitkät tummat hiuksensa pois kasvojensa edestä ja kääntää esiin uuden kortin. Uuuh, pääsee Mirandan suusta, ei saa raapia, hän toruu mustaa kissaa joka pallolla leikkiessään on raapaissut emäntänsä säärtä. Vielä puoli vuotta sitten Miranda oli ollut ihan tavallinen Mira ja istunut työkseen kaupan kassalla. Sitten kaikki oli muuttunut, eräänä ikimuistoisena päivänä puhelin oli soinut ja toisessa päässä oli ollut lakimies. Mira oli perinyt jonkun kaukaisen sukulaisensa, talon jostain korvesta ja vähän rahaa. Vanha strategia perhepiirissä, tai jotain sellaista lakimies oli selittänyt, eikä muita perijöitä ollut.

Nyt Mira on Miranda, bloggaaja (Jessican idea) ja tarot-
korttien tulkitsija – tosin ei vielä ihan täysin oppinut, li-
säksi hän auttelee tarvittaessa Jessican äitiä Sirkkua kau-
palla. Mirandan seurana mökissä asuu kolme kissaa, Pata
joka on väriltään musta, harmaa Kattila ja vielä oranssi
Kuparipannu, jonka nimi on myöhemmin lyhentynyt
Pannuksi.

Juuri nyt Miranda istuu keittiön pöydän äärellä tulkitse-
massa tarotkorttejaan, jotain on tulossa… jotain tummaa,
hän mutisee itsekseen. Hän nostaa katseensa, pomppaa
kirkaisten ylös tuolista niin, että tuoli kaatuu kolisten,
kortit lentelevät ilmaan, kissat pomppivat pelästyneinä
sinne ja tänne – ja ikkunasta sisään katsonut tumma
hahmo on kadonnut.

# 15

Kasper, Jesper ja Joonatan ovat olleet koulun kentällä luistelemassa. Väkeä oli tullut paikalle sen verran hyvin, että oli saatu pystyyn joukkueet. Hyvä matsi siitä oli tullutkin, Kasper oli tehnyt kolme maalia ja Jesper kaksi. Nyt ruokapöydän äärellä jokainen maali ja torjunta tehdään uudelleen.

Joonatan ei osallistu tähän maalikarkeloon, hän syö hiljaa mietteissään. Lopulta keittiössä ei ole kuin hän ja äiti. Koitahan nyt syödä äläkä haaveksi, äiti hoputtaa. Joonatan tyhjentää lautasensa ja kysyy, äiti onko joulutontut nuoria vai vanhoja? Äiti miettii hetken, enpä ole ajatellut, kaipa niitä voi olla kaiken ikäisiä. Joonatan nyökkää ja jatkaa, no onko niillä aina punaiset vaatteet vai voiko niillä olla myös mustat? Äiti keskeyttää tiskikoneen täyttämisen ja kääntyy katsomaan, miten niin? No, kun en jaksanu enää luistella, niin menin vaihtamaan kengät jalkaan ja sitten näin, kun sellanen tonttu jolla oli musta pitkä takki kurkki koulun ikkunoista sisään, se taisi olla aika vanha, Joonatan pohdiskelee, vaikka ei sen tukkaa kyllä näkynytkään sieltä mustan hatun alta. Sitä mä vaan ihmettelin, että miksi se koulun ikkunoista kurkki, eihän siellä asu kilttejä lapsia, kun ei siellä asu mitään lapsia, eikä siellä ole ketään illalla. Vähän kumma tonttu, Joonatan päättää pohdintansa ja poistuu touhuihinsa.

Äiti istahtaa pöydän ääreen, ottaa puhelimen käteensä ja soittaa Untolle.

# 16

Tieto mustatakkisesta tirkistelijästä levisi läpi kylän nopeammin kuin kissa, tai mikä tai kuka tahansa muukaan eläväinen, ehtii aivastaa. Unton puhelin on soinut päivän aikana enemmän kuin kuluneen vuoden aikana yhteensä. Unto on kiertänyt kylän talosta taloon, rauhoitellut väkeä ja kirjannut ylös havaintoja. Tähän mennessä hän on löytynyt kolme lumiukkoa puettuna mustaan takkiin ja hattuun. Vanharouva Tuppuraisen tirkistelijäksi paljastui pihan omenapuu.

Mistään ei löytynyt jälkiä murroista eikä luvattomista yöpymisistä. Mitään ei oltu rikottu... tai no mitään ja mitään, kuuro-Kallen ulkohuussin ikkuna oli rikottu, mutta siitä Untolla on omat epäilyksensä. Mirandan ikkunan alta sen sijaan löytyi kengän jäljet, Unto oli kuvannut ja mitannut ne tarkkaan, onhan hän sentään CSI:nsä katsonut. Kengän koko 44, ilmeisesti mies tai vaihtoehtoisesti suuri jalkainen nainen, melko varmasti uudehkot maiharit tai hyvin vähän käytetyt koska pohjakuvio on vielä noinkin selkeä, oikean kengän pohjassa huomattavissa oleva kuviovirhe.

Koulun ympärillä oli samoilla kengillä tehtyjä jälkiä ja yllättäen myös Liisan talon luona. Vapaana juoksentelevia vankikarkureita ei ole, sen Unto oli tarkastanut ensimmäiseksi koneeltaan. Nyt hän istuu putkan sohvalla ja miettii, mitään tällaista ei hänen poliisiuransa aikana ole ennen eteen tullut.

Puhelin soi taas, Ainon värisevä ääni kertoo tummasta hahmosta kirjaston pihalla. Unto pomppaa ylös, pistä ovet lukkoon minä tulen heti.

# 17

Unto herää kahvin tuoksuun, hän makaa hiljaa paikallaan silmät kiinni kuunnellen keittiöstä kantautuvaa vaimeaa astioiden kilinää. Hän oli tullut kirjastolle pää kolmantena jalkana ja sydän kurkussa, päässään vain yksi ajatus, kukaan ei saa tehdä pahaa Ainolle. Mutta pihalla ei ollut yhtään ketään, ei edes niitä hänelle jo tutuksi tulleita kengän jälkiä.

Aino oli kutsunut hänet sisälle viihtyisään asuntoonsa kirjaston yläkertaan ja keittänyt vaivanpalkaksi iltateet ja tehnyt voileipiäkin. He olivat yhdessä tulleet siihen tulokseen, että pihalla oli haahuillut joku vitsikäs nuorisolainen. Aino oli häpeillyt pelästymistään, mutta Unto oli vakuutellut hänelle, että on se parempi katsoa kuin katua. Heillä oli ollut oikein mukavaa yhdessä ja juttua oli riittänyt pitkälle yöhön.

Huomenta, Aino on tullut olohuoneeseen, sinä sammahdit siihen kesken lauseen, enkä minä raatsinut sinua herättää. Taisi ottaa voimille se eilinen pitkin kyliä juokseminen ja sitten minä vielä vaivasin sinut tänne. Unto nousee sohvalta ja halaa Ainoa, kuule sinä saat vaivata minua vaikka joka päivä. Aino suikkaa Untolle suukon ja yhdessä he menevät keittiöön aamukahville. Jotain hyvää tästä hiippailijasta sentään on koitunut, Aino ja Unto ovat vihdoin päässeet selvyyteen siitä, että kiinnostus on kuin onkin molemmin puoleista.

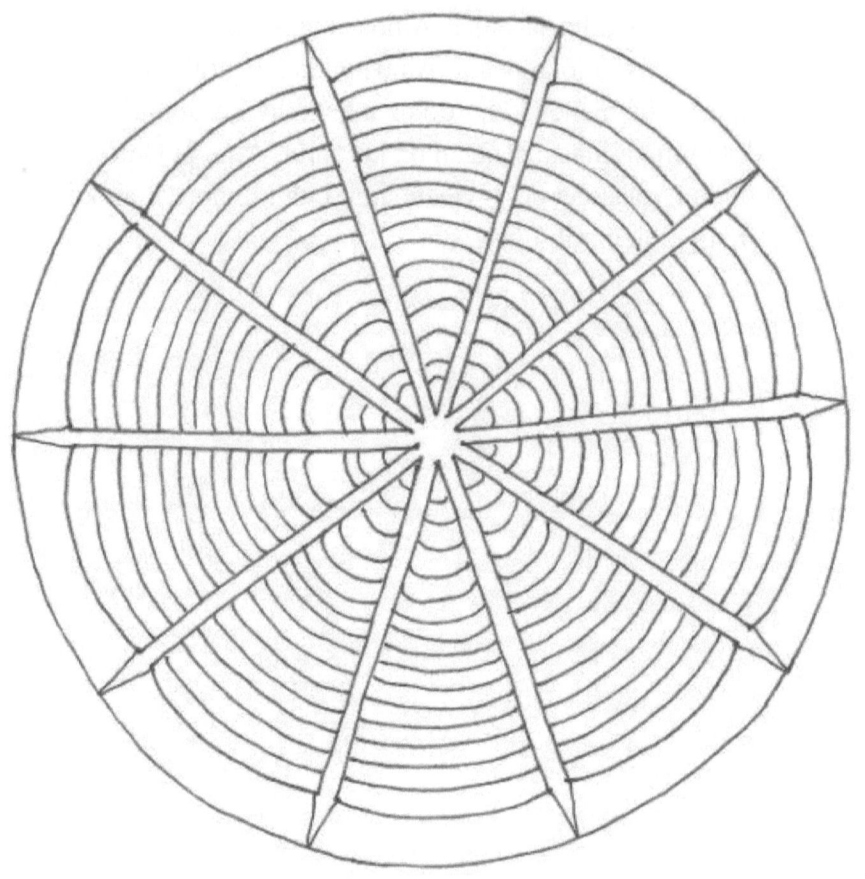

~ 74 ~

# 18

Päivää puotiin, ovelta kuuluu vieras ääni. Sirkku tulee maitokaapista katsomaan äänen omistajaa, noin kahdessa sekunnissa tulija on arvioitu. Mies, kuusissakymmenissä, siististi pukeutunut, harmaissa hiuksissa hyvä leikkaus ja leuassa muodikas sänki, siisti.

Päivää vieraallekin, Sirkku vastaa, mitäpä saisi olla. Viljo Penttinen, mies tulee kättelemään, piti tuonne Ylikylälle mennä, mutta autosta alkoi kuulua semmoista kilinää ja kolinaa ettei sillä taida pitemmälle uskaltaa. Onko tällä kylällä ketään joka osaisi katsoa tuollaista vanhaa Escort-tia, mies kysyy. Vai auto-ongelmia, Sirkku vastaa, ei meillä varsinaista korjaamoa täällä ole, mutta Virtasen pojalla on kyllä pikku paja missä se autoja ropailee, että voisihan sitä kysyä.

Eikä mene kauaakaan, kun Virtasen pojalle on soitettu ja uudet tuttavuudet jutustelevat kuin vanhat tuttavat konsanaan. Paikalle saavuttuaan Virtasen poika käyttää autoa hetken ja katoaa sitten nokkapellin alle, kyllä se kuulkaa on sillä lailla, ettei tällä kannata tämän pidemmälle ajaa muuten laukeaa koko kone, kuuluu synkkä tuomio. Mulla olis kyllä tähän tarvittava osa, jos herralle sopii että korjataan, Virtasen poika katsoo Viljoa, mutta en mä tätä ennen huomista ajokuntoon saa, hän jatkaa. Viljo hieroo leukaansa, kyllähän se menopeli korjata pitää, mutta missäs minä sitten voisin yöpyä? Meidän Jessicalla on sellainen B&B palvelu ja kyllä siellä saunakin lämpiää, jos vieras niin haluaa, Sirkku toimittaa. No tämähän sattui hyvin, Viljo huokaa helpottuneena.

Juuri silloin Unto sattuu kaupalle ja hänellekin selvitetään viimeaikaiset tapahtumat. Kyllä se tämä Virtasen poika on eri epeli autoja korjaamaan, Unto kehuu Viljolle. Kun kerran osuin kohdalle, niin voinkin saattaa teidät majapaikkaanne, Unto tuumaa mittaillessaan katseellaan kaupan lumista pihaa. Sitten hän tarttuu Viljoa käsikynkästä, jospa mennäänkin ohviisin kautta, niin voitte selvittää minulle, mikäs mies te oikein olette.

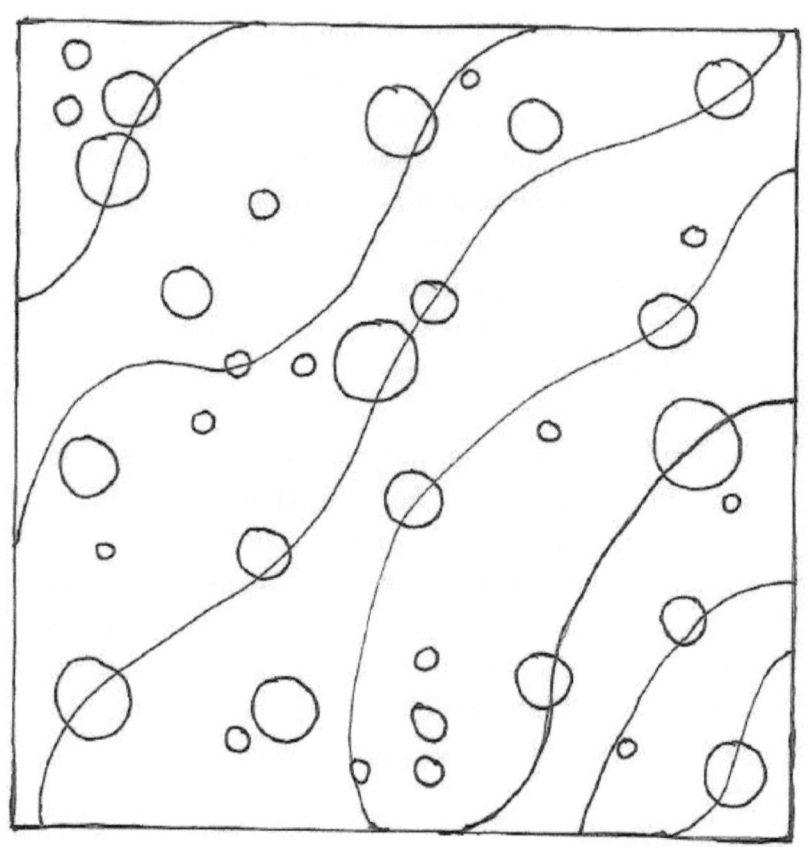

# 19

Unto istuttaa vieraan putkan nojatuoliin, laitan kahvin tippumaan, täällä on vielä kylätoimikunnan naisten tuomia leivonnaisia, sitten istumme tässä mukavasti ja te kerrotte minulle miksi olette vaeltanut ympäri kylää säikyttelemässä ihmisiä. Viljo istuu alas, miten ihmeessä..? Teidän kenkänne, vastaa Unto jo ennen kuin Viljo saa muotoiltua kysymyksensä loppuun, tunnistettavat jäljet.

Tarkoitukseni ei ollut säikyttää ketään, se tyttöparka meidän vanhassa mökissä taisi kyllä säikähtää pahan kerran ja haluaisin pyytää häneltä anteeksi. Olen ollut poissa Suomesta 40 vuotta, jäin eläkkeelle tänä syksynä ja minulle tuli halu nähdä vielä nuoruuteni maisemat ja varsinkin eräs henkilö, Viljo kertoo. Seuraavaksi Unto kuulee Viljon kertomuksen nuoresta miehestä joka lähti puolen vuoden pestille merille tienaamaan pesämunaa tulevaa avioelämää varten, vilkuttanut satamaan jääneelle morsiolle, joutunut kapakkatappeluun Liverpoolissa ja maannut muistinsa menettäneenä hospitaalissa laivan lähdettyä jatkamaan matkaansa. Muisti kyllä palaili pät-

kittäin vuosien varrella, mutta siinä vaiheessa huomasin-
kin olevani kuollut.

Unto katsoo miestä kummissaan kulmat kurtussa. Se lai-
va upposi ja koko miehistö hukkui, Viljo kertoo, jostain
kumman syystä minun kyydistä jäämiseni ei ollut kirjois-
sa eikä kansissa joten minä hukuin muiden mukana.

Minun kastenimeni on Viljami, tämän uuden nimen sain
kaikenlaisten sattumien summana ja vuosien vieriessä
annoin asian olla vaikka muisti palasikin. Ajattelin mor-
sioni löytäneen jo toisen ja sitä paitsi kertaalleen kuolleen
on aika vaikea palata elävien kirjoihin takaisin. Täyttä
elämää Liisa on tainnut elääkin, niin paljon lapsenlapsia,
Viljo sanoo hiljaa. Mitä? Liisa? Ei Liisalla ole miestä,
lapsia saati sitten lapsenlapsia, hän on kylän lasten suo-
sikki varamummo, Unto puuttuu puheeseen. Viljon ilme
kirkastuu, olisiko sittenkin...

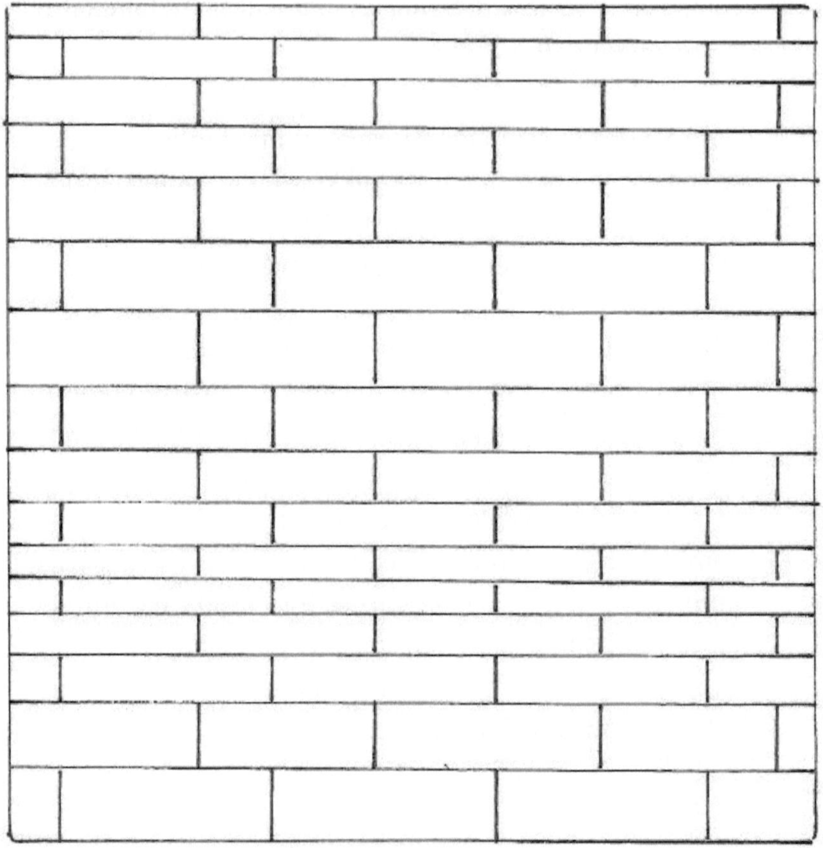

# 20

Kylän ensimmäiset joulumyyjäiset uudella jouluaukiolla ovat jo hyvässä vauhdissa, kun Unto tulee paikalle Viljon kanssa. Eilisen perusteellisen jutustelun jälkeen Unto oli saattanut Viljon Jessican luokse jossa vuode olikin jo odottanut nukkujaa. Unto oli luvannut lainata putkaa rauhalliseksi keskustelupaikaksi jos ja kun Liisa suostuisi Viljon kanssa keskustelemaan.

Väki kiertää aukiota myötäpäivään tutkien myyntikojujen tarjontaa ja sitähän on. Siirin ja Vilin hunajaa, Raimon olutmakkaroita, vihta-Erkin vihtoja, kylän naistoimikunnan joululeivonnaisia, on leipää, hilloa, glögiä. On Liisan neulomuksia ja Aino on opettajan kanssa järjestänyt taidenäyttelyn lasten piirroksista. On tikanheittoa tumput kädessä ja kaikkea mahdollista mitä nyt oikeilta joulumarkkinoilta vain voi löytyä.

Puheensorina ja naurun remakat täyttävät ilman kojujen tyhjentyessä tarjonnastaan tasaiseen tahtiin. Kylän väen lisäksi paikalle on löytänyt pari kutsumatontakin vierasta, Kohtalotar tanssii Amorin kanssa lavalla tangoa kuusen edessä. Amor on jo ampunut muutaman nuolen, sillä minkäs hän luonnolleen mahtaa. Osuman ovat saaneet ainakin Benjamin ja Azalea, Valkosen kukkakimpun vanhin, tuolla he ovat kahvipisteen vierellä höyryävät kahvimukit käsissään syventyneinä keskusteluun kahvinviljelyn vaikutuksista alkuasukkaiden elintilaan Miguelin katsellessa heitä tietävän näköisenä.

Viljo lähestyy Liisaa, Kohtalotar seisahtaa ja tunnelma tiivistyy. Amor kohottaa jousensa, mutta Kohtalotar laskee sen kädellään, turha vaiva etkö näe että heillä on vielä vanha rakkaus vahvana sydämissään.

# 21

Palatkaamme vielä hetkeksi tapahtumien alkuun. Miksi Hilma on niin kiukkuinen? Miksi jouluaukio on hänelle niin tärkeä? Miksi Aatos antaa hänelle niin paljon periksi? Ehkä kurkistus saunaan antaa vastauksen näihin ja muutamiin muihinkin kysymyksiin.

Hilma istuu yksin saunan lauteilla, hän on aina ollut kovempi saunomaan kuin Aatos. Saunomisrutiinit ovat muovautuneet 40 avioliittovuoden aikana sellaisiksi, että kummallakin on hyvä. Aatos huolehtii lämmittämisestä ja saunoo sen mikä hyvältä tuntuu, Hilma jää lauteille Aatoksen mennessä laittamaan saunakahvit valmiiksi. Hilma heittää lisää löylyä, vaikka jouluaukion avajaiset eivät menneetkään aivan suunnitelmien mukaan, väki näytti viihtyvän ja myyjäiset olivat suurmenestys. En kyllä vieläkään ymmärrä miten se mies sillä lailla puheensa hukkasi, minä sitä sentään viikon kirjoitin, Hilmaa vieläkin vähän närästää puheen kohtalo. Vaikka kyllä se ihan hyvä mies on, vähän tohelo jossain asioissa, mutta kyllä minä sitä vielä rakastan. On se ainakin luotettava, ei häviä maisemista 40 vuodeksi.

Saas nähdä tuleeko siitä mitään, kauan ne ainakin putkassa viihtyivät, vaikka tottahan noissa vuosissa on jo paljon kiinni otettavaa. Koko kylä tiesi jo Viljon ja Liisan tarinan, ainakin pääkohdat ja ne joilla on vilkas mielikuvitus täyttävät jo kilvan kohtia joita ei vielä varmaksi tiedetty.

Katoa maisemista - Hilman sydänalasta kouraisee, tytön lähdöstä on kulunut jo kohta vuosi. Heillä oli ollut aivan kauhea riita, kun Satu oli ilmoittanut lähtevänsä Etelä-Amerikkaan tekemään avustustyötä ja keräämään aineistoa väitöskirjaansa. Hilma oli maanitellut, vedonnut ja heittäytynyt marttyyriksi, mikään ei ollut auttanut. Satu oli pakannut reppunsa ja lähtenyt. Hilma pyyhkäisee silmäkulmaansa, enhän minä pahalla tarkoittanut, se vain on niin kauhean kaukana ja mitä tahansa voi sattua. Olisihan Sadun pitänyt ymmärtää, että äidillä on huoli ainokaisestaan. Hilma oli odottanut tytön naimisiin menoa ja lapsenlapsia. Jossain syvällä sisimmässään hän tuntee tuottaneensa Aatokselle pettymyksen sillä vaikka he olivat yrittäneet, lapsia ei ollut siunaantunut kuin yksi. Jouluaattona tyttö täyttää 30 vuotta, tulisi jo kotiin.

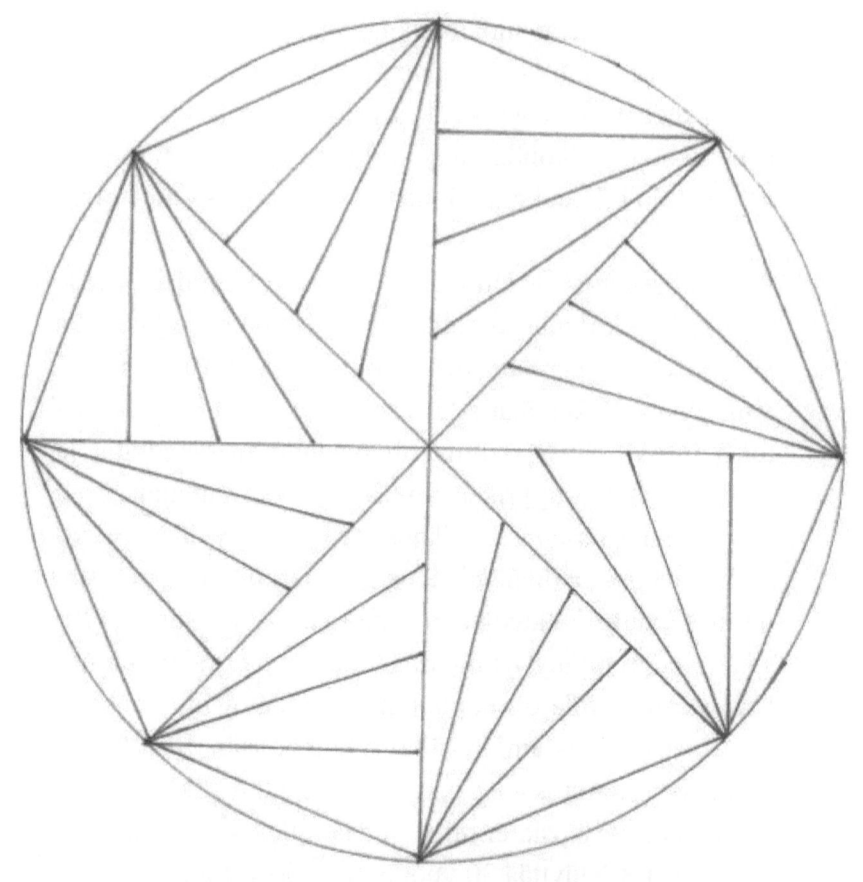

~ 90 ~

# 22

Liisa istuu tuvan keinutuolissa kiikutellen itseään hiljaksiin ees taas, miettien myyjäispäivää. Viljami oli noussut kuolleista ja tullut häntä kohti, Liisa olisi romahtanut maahan, jollei Unto olisi kopannut kiinni. Sydän oli ensin jättänyt lyöntejä välistä ja sitten lähtenyt juoksuun kuin yrittäen ottaa kiinni välistä jääneitä, hengittäminenkin oli lähes unohtunut. Unto ja Viljami olivat taluttaneet hänet putkaan ja laittaneet sohvalle maate, Kemppainenkin oli käynyt pulssia mittaamassa. Kuin ihmeen kaupalla Liisa oli koonnut itsensä, noussut istumaan ja häätänyt kaikki muut ulos paitsi Viljamin. He olivat istuneet, ensin vain toisiaan katsellen, sitten puhuneet läpi kaikki 40 vuotta.

Ajatukset Liisan päässä sinkoilevat sinne tänne kuin päättömät kanat, vuoden päivät minä surin – ja samalla odotin – tunne sanoi, ettei Viljami ole kuollut vaikka kaikki niin sanoivatkin – mutta mies ei ollut tullut takaisin – olisihan minulla ottajia ollut, mutta ketään en huolinut – perhanan hyvännäköinen se mies on vieläkin – mitä hittoa minä nyt teen. Yksi ajatus pomppii kumipallon lailla esiin uudelleen ja uudelleen, voinko minä luottaa.

Ovelta kuulu varovainen koputus, saako tulla, Miranda kysyy oven raosta. Virtasen poika on saanut Viljon auton ajokuntoon ja nyt se on parkkeerattu Mirandan pihaan. Kun Mirandalle oli selvinnyt, että hän ja Viljo ovat sukua, vaikkakin monen mutkan kautta, hän oli antanut anteeksi säikyttelyn ja kutsunut Viljon vieraakseen. Tule vain, Liisa nousee keinutuolista ja laittaa teetä tulille. Otin kortit mukaan jos haluaisit tulkintaa, Miranda näyttää tarotkorttejaan. Liisa huitaisee ilmaa, tässä mitään henkimaailmaa tarvita, tämä asia pitää ratkaista itse.

Hetken päästä he istuvat pöydän vastakkaisilla puolilla teemukit edessään. Miranda aloittaa varovasti, kuule vaikka teidän nuoruudessa oli tapana mennä naimisiin aika nopeasti niin nykyisin voi vain seurustella, eikä avoliitossakaan mitään pahaa enää ole… voisitte aloittaa puhtaalta pöydältä ihan vaan seurustella ja katsoa mihin se vie. Viljamiko sinut lähetti puhemieheksi, tai Viljo, sitä nimeähän hän nykyään käyttää, Liisalla on hymynkare suupielessä. No pappa on vähän huolissaan… se kuule tykkää susta vieläkin tosi paljon. Vai pappa…

# 23

Sekalaisen Sortin Kylän ja sen asukkaat on vallannut kiihkeä jouluaaton odotus. Mikä ilmenee eri tavoin eri ikäryhmissä, nuorisossa yleisenä levottomuutena ja vanhemmassa väestön osassa erilaisten tehtävien suorittamisena. Erityisesti naispuolisessa väestönosassa ilmenee suurta tarvetta tomuttamiseen, tamppaamiseen, imuroimiseen ja kaiken liikkumattoman pesemiseen sekä yleiseen komenteluun. Kuusia kannetaan suojiin sulamaan, erilaisia herkkuja leivotaan ja ruokaa valmistellaan, pakettejakin paketoidaan toki salaa.

Näin kylän jokaisessa talossa on joulun mahdollistavat toimet täydessä käynnissä, tai siis lähes joka talossa. Liisa ei mitään erityistä joulusiivousta suorita, hän on siisti ihminen muutenkin ja todennut jo aika päiviä sitten, että joulu tulee ja menee vähemmälläkin hössöttämisellä. Liisa on tykönään miettinyt Mirandan sanoja ja Viljoa, kohauttanut sitten olkiaan ja tuumannut, että eipä tässä enää nuortumaankaan pääse joten ehkä sittenkin kannattaisi ennemmin katsoa kuin katua. Siltä istumalta hän oli ottanut puhelimen käteensä ja soittanut Mirandalle kutsuen molemmat luokseen joulua viettämään.

Antti Valkosen sisimmässä on herännyt hento toivo ja sen siivittämänä Benjamin koirineen on saanut kutsun joulun viettoon Valkosen residenssiin. Azalea ja Benjamin ovat viettäneet tiiviisti aikaa yhdessä aina joulumyyjäisistä lähtien, Amorin nuolilla kun tahtoo olla sellainen vaikutus.

Aino ja Unto olivat keskustelleet siitä kumman luona ensimmäistä yhteistä joulua vietettäisiin ja olivat lopulta päätyneet Ainon viihtyisään työsuhdeasuntoon, vaikkei siellä saunaa olekaan. Mutta kuultuaan Viljon pikku ongelmasta, he olivat yhteistuumin päätyneet sittenkin Unton kotitaloon ja Aino luovutti asuntonsa Viljon käyttöön pyhien ajaksi, ainakin näin ensi alkuun. Oltuaan Mirandan luona samassa tilassa kolmen kissan kanssa, Viljon oli pakko myöntää olevansa allerginen kissoille, atshuu.

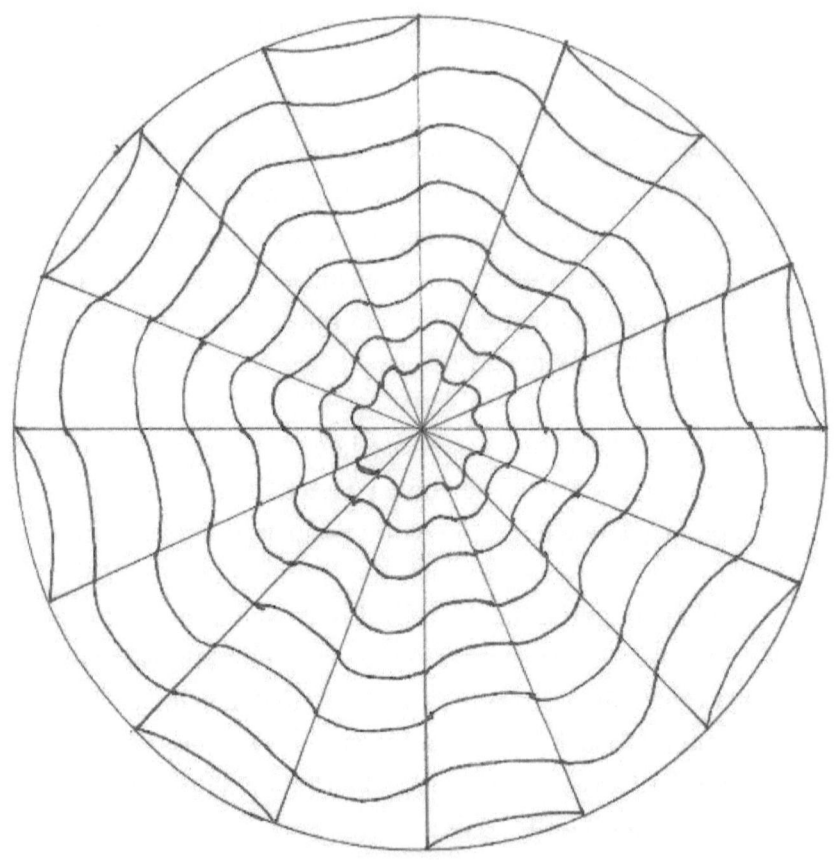

# 24

Joulukirkon jälkeen väki kokoontuu jouluaukiolle kuulemaan ensimmäistä paikallista joulurauhan julistamista, kun kerran ihan oman kylän oma pormestari on sitä julistamassa. Jouluaukio on jo vakiinnuttanut paikkansa kyläläisten keskuudessa, varsinkin nuoremman väen tapaamispaikkana. Oltiin Hilman kotkotuksista noin yleensä ottaen mitä mieltä tahansa niin tämä koettiin hyvänä.

Jälleen kerran Aatos seisoo lavalla suuren kuusen edessä, tällä kertaa Hilma on pelannut varman päälle ja pitänyt puheen itsellään viime hetkeen asti. Turhaan, Aatos ei edes huomaa Hilman puhetta ojentavaa kättä, hän näkee jotain aivan muuta. Satu, hän henkäisee, mamma katso, Satu on tullut takaisin kotiin. Aatos ja Hilma lähtevät kilvan lavalta ja kiirehtivät kauan poissa ollutta tytärtään vastaan. Satu ei ole tullut yksin, pieni tyttö pitää lujasti kiinni Sadun takin liepeestä. Äiti, isä, tässä on Rosa. Hänellä ei ole enää ketään... minä olen nyt hänen äitinsä, Satu jatkaa pientä uhmaa äänessään. Me jäämme tänne, tähän kylään asumaan, jos te löydätte tilaa sydämistänne hänellekin.

Aatos laskee kätensä Hilman käsivarrelle kuin estääkseen tulevan räjähdyksen, mutta käsi ravistetaan pois. Muutaman hyvin pitkältä tuntuvan sekunnin ajan Hilma seisoo hiljaa tyttärensä edessä, sitten hän kyykistyy lapsen eteen. Siinä he katsovat toisiaan, pieni elämän riepottelema nappisilmäinen tyttö ja rautaa selkärankaansa kasvattanut vanhempi nainen. Sitten Hilma ojentaa kätensä, sanoo hyvin pehmeällä äänellä, Rosa minä olen sinun mummasi. Ehkä jokin Hilman olemuksessa tai äänessä tuovat tytön mieleen jotakin vaikkei sanoja ymmärräkään, hän irrottaa otteensa takin liepeestä, ottaa askelen ja on Hilman sylissä. Kyläläiset ovat hiljaa henkeään pidätellen seuranneet tapahtumaa, Hilma saattaa olla hieman äkkiväärä, mutta sydän hänellä on paikallaan. Jokunen silmäkulma pyyhkäistään vaivihkaa. Hilma pitää edelleen Rosaa sylissään, eihän tämä tyttö paina mitään, onko teillä nälkä, pitäisikö tästä lähteä ruokaa laittamaan. Sitten hän hätkähtää, Aatos, se julistus.

Miranda on sillä välin kiivennyt lavalle, minä en julista joulurauhaa se on asia joka löytyy jokaisen sisimmästä jos on löytyäkseen. Sen sijaan minä haluan kiittää teitä kylän väki, te olette avoimia ja avuliaita ja aivan ihania. Kun minä muutin tänne, perimääni mökkiin, minulla ei ollut perhettä, ei yhtään ketään. Te otitte orvon avosylin vastaan ja autoitte aina kun apua tarvitsin. Nyt minulla on pappa ja toivottavasti kohta myös mumma, Miranda katsoo Viljoa ja Liisaa. Rosalla tulee hyvä olla ja kasvaa täällä.

Miranda alkaa laulaa - maa on niin kaunis, kirkas luojan taivas - yksi toisensa jälkeen kyläläiset yhtyvät lauluun.

Tähän julistamattomaan joulurauhaan jätämme Sekalaisen Sortin Kylän ja sen väen, joka virren jälkeen poistuu aukiolta kukin omiin jouluisiin askareihinsa.

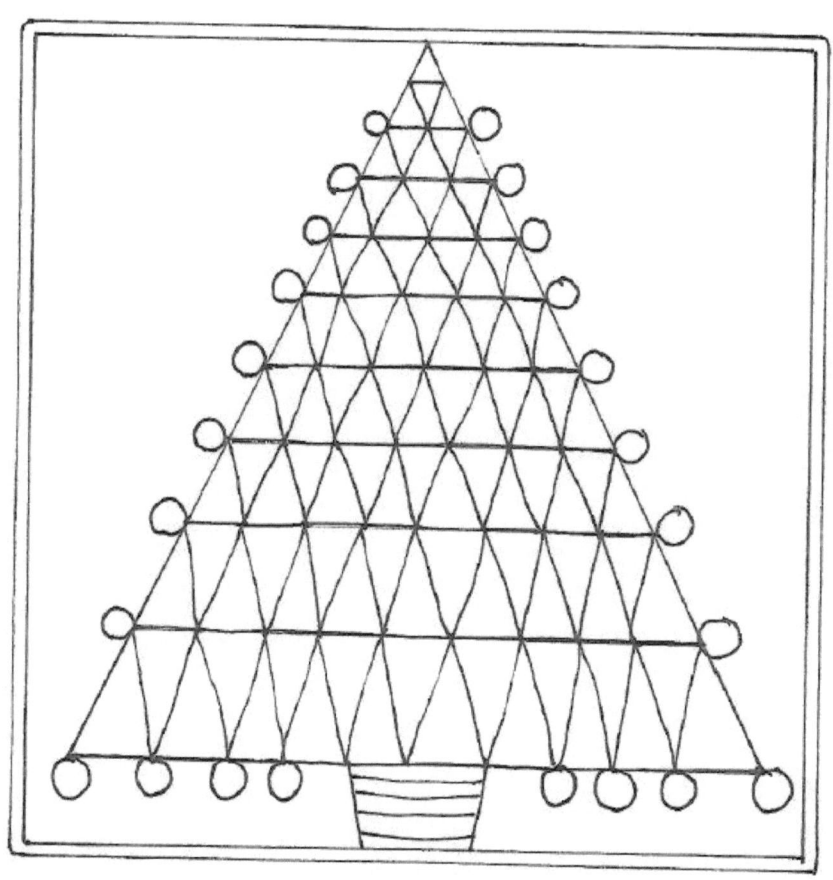

*

Hiljaisuus
lipuu korvasta sisään
toisesta ulos
jättäen jälkeensä
rauhan

*

Ihanaa,

juuri oman näköistäsi

joulua Sinulle

Aiemmat julkaisut, runokokoelmat

Kellarissa tuulee, 2019
Myötäkarvaan silitettävä, 2018
Elämän jäljet, 2017
Mikä siinä on niin vaikeaa, 2016